Anonymous

Das Marktg'schlärf von Wolfratshausen

Der Raub- und Mordritter Judas von Teufelsnest, und der fromme Pilger

und heilige Märtyrer Konrad Nantovin

Anonymous

Das Marktg'schlärf von Wolfratshausen
Der Raub- und Mordritter Judas von Teufelsnest, und der fromme Pilger und heilige
Märtyrer Konrad Nantovin

ISBN/EAN: 9783743678989

Hergestellt in Europa, USA, Kanada, Australien, Japan

Cover: Foto ©Andreas Hilbeck / pixelio.de

Weitere Bücher finden Sie auf **www.hansebooks.com**

Das
Marktg'schlärf
von Wolfratshausen,

der Raub = und Morbritter
Judas von Teufelsnest,

und der fromme Pilger und heilige Märthrer
Konrad Nantovin.

Eine höchst schauerliche Ritter=, Räuber=, Mörder= und Gespenstergeschichte aus dem 13ten Jahrhundert.

Die Todesqualen der Tortur.

In den Abendstunden eines Montags war die große Zechstube des Wirthshauses „zum feurigen Lindwurm" in Wolfratshausen angefüllt mit Schmied- und Schlossergesellen, Floßknechten, Zimmerleuten und vielen Arbeitern anderer Gewerke; auch Einige von der Dienerschaft aus dem herzoglichen Schlosse auf dem Berge oben befanden sich unter ihnen, von jenen mit verdächtigen Augen angeschaut, weil sie dieselben für Spione des verhaßten Ganterus, eines ungerechten, grausamen und habsüchtigen Richters der Grafschaft Wolfratshausen, hielten; und zwar mit Recht, auch wurde er so gefürchtet, daß kein Mensch in jenem Wirthshause einkehrte, sobald man durch das große Fenster mit kleinen runden Scheiben ihn als Gast darin sitzen sah. Wäre Ganterus jetzt plötzlich in die volle Stube getreten, so würden ganz gewiß alle Anwesenden, mit Ausnahme der herzoglichen gebröbeten Diener und einiger augenbienerischer Anhänger, alsogleich und ohne auszutrinken, fortgegangen sein, angeblich aus Ehrfurcht, um dem gestrengen Herrn Richter nicht lästig zu fallen.

Einen ehrliebenden Mann hätte ein solches, der Verachtung ähnliches Benehmen gegen ihn tief gekränkt; da aber Ganterus wußte, daß er von keinem Menschen aufrichtig geliebt werde, so begnügte er sich mit der Ueberzeugung, allgemein gefürchtet zu sein.

In freundlicher Einigkeit sangen die Arbeiter lustige Oberländlerlieder, aber kein Trutzg'sangl, um den Frieden nicht zu stören. Nachdem sie genug gesungen hatten, rief der Schmiedgeselle Cyprian:

„Wer kann eine recht schauerliche Geschichte erzäh-

ıem ganz übel babei wirb unb vor Schreden
im Leib' sich umkehrt?"

o etwas von ber Tortur!" äußerte ber
Löffel. „Das paßt gerade, weil über=
g'strenge Herr Richter Ganterus wieber
ie Folter legen läßt." ·

n benn?"

weiß bis jetzt kein Mensch."

nicht bie Zwei, welche auf bie Tortnr
ven?"

nicht. Auf ber Tortur wirb es schon
rben, was sie verbrochen haben." ·

ı armen Teufel!"

jel sinb sie nicht, auch nicht arm; ja sie
ır viel Gelb haben unb reich sein."

jetzt geht mir schon ein Licht auf!"

auch eines!"

haben wir jetzt zwei Lichter, bie zwar
jten, aber mit benen wir uns boch zufrieben
üssen, bis es ber Wirthin einmal beliebt,
nur ein einziges Licht auf ben Tisch zu setzen."
ist noch hell genug," kreischte bie Wirthin
Zapf burch bie offene Thüre ber Küche
um zum Trinken zu sehen. Probirt's nur
: fleißig, unb ihr werbet sehen, baß ihr ben
 bas Maul finbet, auch ohne Licht!"

Zapfin hat heut' wieber auf, unb ein Maul
Schwert!"

ıch's schon!" brummte sie.

autes Gelächter erscholl.

was ist's benn mit ber Torturg'schicht?
h Niemanb?„

ber Tortur kann ich euch viel erzählen,
uch gerabe keine ganze G'schicht' ist," sagte
ssergeselle Valentin.

 heraus bamit!"

So wurde hin und hergesprochen, bis Valentin seine Erzählung von der

Tortur

losließ. „Ihr wißt, daß ich anderthalb Jahre lang in Regensburg als Schlossergeselle diente, auch hätt' ich meinen guten Dienst nicht sobald verlassen, wär' ich nicht durch die Furcht vor der Tortur verjagt worden."

„Hast du denn gestohlen oder Jemand umgebracht?"

„Mach keinen so dummen Spaß!"

„Nun, es war nicht böse gemeint. Wissen doch Alle, die dich kennen, daß du ein grundehrlicher Mensch bist."

„Weltbekannt ist es," fuhr Valentin fort, „und auch ganz begreiflich, daß die Schlossergesellen, wie alle Feuerarbeiter, viel Durst haben, und oft. Ist's nicht wahr, Cyprian?"

„Wahr ist's!" antwortete dieser.

„Und weil mein Durst gar nie aufhören wollte, wie eine unheilbare Krankheit, so kehrte ich in jeder freien Stunde auf unserer Herberge ein. Dort fand ich oft den Vogteipfleger, einen reputirlichen Mann, der sich gerne mit mir unterhielt, weil ich ihm allerlei tolles Zeug vorschwindelte. Er war ein Schwager unsers Herbergvaters, und als er vom Gerichte den Auftrag erhielt, alle Schlösser des Gefängnisses in Ordnung bringen zu lassen, ließ er diese Arbeit meinem Meister unter der Bedingung zukommen, daß ich sie besorge.

„Der Vogteipfleger war mit meiner schnellen und guten Arbeit so zufrieden, daß er meinen Wunsch erfüllte, die Werkzeuge der Tortur in der Folterkammer mir zu zeigen. Es graute mir vor dem, was ich sah, und ich wollte, daß ich es nicht gesehen hätte. Rechts neben dem Verhörgitter befindet sich die Streckbank mit einer Rolle, woran 400 abgerundete keilförmige Stifte, der „gespickte Hase" genannt. Daneben ist die Aufzugsmaschine mit einem hölzernen Triangel, die „schlimme Liesel" genannt, woran der Unglückliche mit den Armen rückwärts gebunden, an seinen Füßen schwere Steine, die größten gegen einen Centner schwer, gehängt und er so dreimal aufgezogen und niedergelassen wird.

„Bisweilen werden die Füße des armen Menschen an zwei unter der Maschine befindliche runde eiserne Klammern festgemacht, und er dann mit hintergebundenen Armen in die Höhe gezerrt, bis der Blutrichter das Krachen der aus ihren Pfannen tretenden Achselknochenköpfe hört. Im gelinderen Falle wird er hierauf mit zwei Fackeln zugleich in die Seiten gebrannt, im verschärften Falle mit einer Fackel abwechselnd jede Seite. Im Grundbalken des Triangels befinden sich zwei hölzerne Zapfen. Eine andere Art der Folter besteht darin, daß der zu Folternde an den Triangel so gebunden wird, daß die Zapfen auf seine Brust gerichtet sind, worauf er ebenfalls in die Höhe gezogen und sein Rücken durch Geißelhiebe zerfleischt wird.

„Ferner sah ich in dieser Folterkammer den sogenannten „spanischen Esel," ein aufrecht stehendes, oben scharf zugespitztes Brett, nahezu 6 Fuß hoch und anderthalb Zoll dünn, worauf der Unglückliche entkleidet rittlings gesetzt wird. Die Füße werden durch Steine beschwert und straff angezogen. Dieß wird genannt: „ihm die Sporen anlegen." Ein anderes Marterwerkzeug ist der Beichtstuhl oder Jungfrauenschooß, welcher wie ein Armsessel ausschaut. Der Sitz desselben besteht in einem hölzernen Kissen mit hundert hölzernen Zwecken versehen, worauf der zu Folternde entkleidet gesetzt, ihm ein Centnerstein auf den Schooß gelegt, durch seine Arme rückwärts eine achtkantige Walze gesteckt wird, und die Hände auf der Brust zusammengebunden werden.

„Die Walze wird an beiden Enden fortwährend durch die Henkersknechte umgedreht. Auch befindet sich daselbst eine ungefähr 20 Schuh hohe, mit vier dreischneidigen beweglichen Walzen versehene Leiter, in der Henkersprache Rutschbahn genannt, auf wel= cher der Unglückliche auf= und niedergezogen, oder wie bei der „schlimmen Liesel," ausgespannt und gebrannt wird. Ein ungefähr vier Schuh hoher höl= zerner Leuchter, auf dessen beiden Armen je ein Ker= zenlicht brennt, ist mit einem Crucifix zum Troste der armen Sünder versehen."

„Bist du jetzt fertig?" fragte Cyprian.

„Ja."

„Es geht noch etwas ab."

„Was denn?"

„Der Teufel geht noch ab, der vor dem An= fange einer jeden solchen Schinderei den Richter sammt seinen Bluthunden in tausend Stücke zerreißen sollte."

„Wär' gar nicht so übel," meinte Töffel, „viel= leicht würde dann diese höllische Wirthschaft bald überall ein Ende nehmen."

„Es gibt einen, der's noch ärger macht, wie ich gehört habe," äußerte der Bauer Kurt nach einem langen Zuge aus seinem Bierkruge.

„Wer denn?"

„Wer denn sonst als der von Gott verfluchte Ritter Judas von Thurmstein, dessen Burg zwi= schen hier und Tölz weit und breit nur das Teu= felsnest genannt wird."

Da sprang ein Reisiger auf, der bisher in einer Ecke der Stube ruhig und lauernd vor seinem Kruge gesessen hatte, trat haftig zu dem Bauer hin, die rechte Hand an den Knauf seines Schwertes gelegt, und donnerte ihm mit grimmigem Blicke zu:

„Elendes Bäuerlein, wie kannst du es wagen, gegen den rechtschaffenen Ritter Judas von Thurmstein zu schimpfen?"

„Rechtschaffen, rechtschaffen," schrieen alle übrigen Anwesenden zu gleicher Zeit, und brachen in ein schallendes Hohngelächter aus.

„Ruhig da drin!" rief die Wirthin Zapf von der Küche aus; „in meinem Hause darf nicht gerauft werden."

In diesem Augenblicke ging die Thüre auf, und ein junger Mann trat rasch in die Stube, der von allen Gästen, mit Ausnahme des Reisigen, der noch mit halbentblößtem Schwerte vor dem Bauer Kurt stand, mit Jubel begrüßt wurde.

Verschwundener Jammer.

Die geneigten Leser haben aus Valentin's Munde die Beschreibung der Marterwerkzeuge in der Folterkammer des Rathhauses zu Regensburg vernommen, die noch jetzt wohlerhalten dort zu sehen sind, natürlich nicht mehr die nämlichen, aber übrigens ganz gleich, wie sie nach Bedürfniß nachgeschafft wurden. Wir sehen täglich bei unsern Gerichten, und von Zeit zu Zeit auch bei den Schwurgerichten, daß die Verbrechen an den Tag kommen und nach den Gesetzen bestraft werden, ohne daß mehr eine Folter dazu nöthig ist. Als diese noch bestand, wurden gewiß Unzählige in Deutschland und in andern Ländern, welche die schrecklichen Martern nicht ertragen konnten, unschuldig hingerichtet.

Einzelne Fälle aus der Folterkammer zu Regensburg, die erst mehr als zweihundert Jahre nach Valentins Erzählung vorkamen, verdienen der Vergessenheit entzogen zu werden.

Von den vielen Hunderten, welche da gepeinigt wurden, muß bei der Jahrzahl 1472 jenes Erlbacher gedacht werden, welcher dreimal ledig, achtmal mit Steinen aufgezogen, geschupft und auf der Leiter gebrannt wurde, weil man wollte, daß er auf der Folter sterben sollte, aber umsonst! Ferner des Bür= germeisters **Wolfgang Lißkirchner**, der als ein altersschwacher Greis, weil 200 Pfund in der Rech= nung fehlten, in der Christmarterwoche siebenmal an einem Tage aufgezogen wurde, um Geständnisse von ihm zu erpressen.

Am Montage nach Ostern 1543 wurde er in Folge der erzwungenen Geständnisse hingerichtet.

Hier war es auch, wo jener des Einverständnisses mit **Wallenstein's** Abfall verdächtige General **Hanns Ulrich Schaaffgotsche**, um ihn zu Aus= sagen zu zwingen, obgleich er schon bei seiner Fest= setzung zum Tode bestimmt war, drei Stunden lang alle Qualen der Tortur ertrug. Er wendete sich an den Kaiser und bat für sich und seine Frau und kleinen Kinder um Erbarmen; aber er fand es nicht. Sein Urtheil erschien im Namen des Kaisers, doch ohne dessen Unterschrift, woraus zu vermuthen ist, daß jene Bitte, von erbitterten Feinden unterschla= gen, gar nicht zur Kenntniß des Kaisers gelangte.

Das Urtheil lautete:

„Da die Tortur schon geschehen, solle man nicht, wie angetragen worden, vor der Enthauptung noch die rechte Hand abhauen, er aber ohne Aufenthalt hingerichtet werden.“

Seine Richter, welche aus dem General **Götz**, als Präsidenten, C. **Slawata**, **Dr. Stralendorf**, **Dr. Hildebrand**, **Dr. Puchner** und **Dr. Pindel= maier** bestanden, beantragten darauf bei dem Kaiser eine zweite Tortur: „da er jedenfalls schon zum Tode verurtheilt, dem Kaiser daran gelegen sein müsse, ein Mehreres zu erfahren, und da er außerdem als Verurtheilter schon Sclave der Strafe und als ein

Leichnam zu betrachten sei, so könne er gar wohl vor der Execution torquiret werden."

Der protestantische Geistliche Donauer, der ihn zu seinem Ende vorbereitete, beschrieb ihn also:

„Er war eine überaus schöne lange Person, holdselig und liebreich in Worten und Geberden, wohl und trefflich gereiset. Es sind ihm auch viele Bücher gewidmet worden, worin er ein Fürst der deutschen Jugend genannt wird."

Die Hinrichtung Schaaffgotsche's geschah am 23. Juli 1635 auf der Haid. Von jenem Zimmer des Rathhauses zu Regensburg, welches jetzt (1861) als Bureau des kgl. Aufschlagamtes dient, und Arrestlokal des Schaaffgotsche war, trat dieser Unglückliche seinen letzten Gang an. Er starb standhaft und völlig unschuldig. Dann wurde der Leichnam im südlichen Vorplatze der protestantischen Dreieinigkeitskirche beerdigt. Diesen Platz bezeichnete ehedem ein kleiner Sandstein mit seinem Wappen und den Anfangsbuchstaben **H. U. S.** (Hanns Ulrich Schaaffgotsche); später verschwand derselbe bei einer Reparatur, und Niemand weiß nun die letzte Ruhestätte des Generals zu bezeichnen.

Einen im Jahre 1647 verhörten Genuesen, der trotz jeglicher Tortur Alles läugnete, brachte man nur dadurch zum Geständnisse, daß man ihm zumuthete, sich in einen eisernen, glühend gemachten Armsessel, welcher voller spitziger Zinken war, zu setzen. Da fing er dann an zu bekennen, daß er über fünfzig Morde begangen, und daß er sich auch noch an die Erzherzoge habe machen wollen. Vom Rathhause wurde dieser Ausländer, welcher ein Doktor der Rechtsgelehrsamkeit war, nach Linz abgeführt.

Scheußliche Henkerwitze,

wie sie in den finstern Zeiten in den Folterkammern

zu hören waren, verdienen unsern Lesern bekannt zu werden. Eine so herzlose Rohheit in christlichen Ländern ist fast unglaublich, wenigstens aber unbegreiflich.

Vor dem Eingange zur Folterkammer in Regensburg bemerkt man eine Bank, worauf der Unglückliche vor der Tortur noch eine Viertelstunde sitzen durfte, um Zeit zur Ueberlegung zu gewinnen, ob er freiwillig bekennen wolle oder nicht. Die Marterwerkzeuge konnte er durch eine in der Thüre angebrachte Oeffnung genau besehen. Der Eingang führt dann vier Stufen abwärts. Im Vordergrunde links ist eine Bank, auf welcher der Wundarzt, welcher die Dauer der Folter nach der Körperkraft des Delinquenten zu bestimmen, auch nöthigenfalls chirurgische Hilfe zu leisten hatte, dann der Scharfrichter Platz nahmen.

Weil der Scharfrichter ein unehrlicher Gesell war, so fehlt der Bank die Lehne. Er durfte sich erst setzen, nachdem der zu Quälende an das bestimmte Marterwerkzeug festgebunden war; die Handarbeit selbst verrichteten gewöhnlich zwei Henkersknechte. Hinter dem rechts befindlichen Gitter saß der Blutrichter, dessen zwei Lichter mit Schirmen versehen waren, so daß der Gemarterte unmöglich das Antlitz desselben erkennen konnte, eine Vorsichtsmaßregel, die verhüten sollte, daß jener sich räche, wenn er wieder frei würde, und frei wurde ein Gefolterter, der die drei Grade der Folter überstanden hatte, ohne die verlangten Geständnisse abzulegen.

Aber in welchem Zustande wurde er frei! Mit zerfleischtem und zerquetschtem Leibe, gewöhnlich zur leichtesten Arbeit unfähig.

Fast alle Untersuchungen fingen damit an, daß der Scharfrichter den Gefangenen nach gewissen vom Richter angegebenen Punkten gütlich befragte, wobei es schon ziemlich derb zuging mit Angreifen, Nieder-

unb ungebunben auf einer Leiter Ausstrecken.
folgte nach einigen Tagen ober Wochen ber
e Ernst bes „peinlichen Befragens," bes
hens mit angehängten Gewichten unb gebunbe-
örper, was man „ein kleines Züglein sehen
n" — einen „Gesellenzug" nannte.
ïs hing nur von bem Belieben bes Scharfrich-
ab, ob er ber Züge einen ober ein Paar, milber
gröber machen wollte. Das Letztere wirb leiber
Gewöhnliche gewesen sein. Für Weibspersonen
cauchte man im ersten Grab ben Daumenstock, im
:iten bie Leibesbeschwerung, wo ihnen in wagrechter
ellung schwere Steine unb Gewichte auf ben Kopf
legt wurben.
    Die scheußlichen Henkerwitze waren auch in ben
»erichtsakten enthalten. Bei bem Staupbesen hieß
s z. B. „bie erste Weihe zum Galgen geben,"
„über ben Besenmarkt jagen," „Fitz-Fetz ma-
hen," ober „einen Wettlauf anstellen im Halb-
schritte." Man nannte ben Scharfrichter in ben
schriftlichen Aufträgen ben „Meister Auweh, Meister Hämmerlein, ben Knüpfauf, Schnürhäus-
lein, Meister Stoffel, Meister Fix unb
Kurzab."
    Man befahl ihm, bem Sträfling „bas Gröbste
herunterzunehmen," „ihm vom Brob zu hel-
fen;" man trug ihm auf, bei ber Folter „gut Ge-
schirr zu machen," „gut geigen zu lehren,"
„gut Beicht zu hören." Man war hauptsächlich
bei Umschreibung bes Henkertobes unerschöpflich in
höhnischem Galgenwitze: einen „im Hanf ersticken
lassen," ein lustiges „Gankele-Ginkele machen,"
„bie Strattacorbi anziehen," „ben Wicht um
etliche Spannen höher machen, ihm mit einer
Semmel aus bem Seilerslaben vergeben,
an ber Herberge ber brei Säulen als Bier-

zeichen aushängen, Profeß thun lassen im Orden zu den dürren Brüdern u. s. w."

Wenn auch das Todesurtheil schon gefällt war, machte es manchen Richtern noch einen Spaß, ein paar Wochen, oft nur ein paar Tage vorher, noch eine kleine Folterei vorausgehen zu lassen, um noch ein Geständniß zu erpressen, dabei wohl auch an dem grausenvollen Geschrei und den Grimassen der Gequälten sich zu ergötzen! Die armen Sünder kamen zum Voraus schon ganz zerknickt und gebrochen auf den Richtplatz. In den Gefängnissen herrschten Verzweiflung und Selbstmord in Menge. Da hieß es dann, dieser oder jener sei mit dem Teufel im Bund gewesen. Die Unmasse von Hinrichtungen läßt sich nur durch die Härte des Gesetzes und der Richter, durch die Wildheit der Menschen, durch die Grausamkeit der Herrschaften gegen Wildschützen, und durch den Schwindel des unseligen Hexenhasses erklären. So wurde ja z. B. im Jahre 1591 zu Schwabach ein eigener „Drudenhenker" angestellt.

Kehren wir nun von dieser merkwürdigen Erinnerung an fluchwürdige Zeiten zu unserer interessanten Geschichte zurück.

Gregor Wellinger

hieß der so freudig empfangene Gast, ein reicher Floßmeister von Tölz, 27 bis 28 Jahre alt, bildschön, schlank gebaut, so groß und kräftig, daß man ihn weit und breit den Riesen nannte. Mit diesen körperlichen Vorzügen verband er ein frommes, edles, treuherziges Gemüth, war jedoch ein grimmiger Löwe, wenn er durch Unrecht zum Zorne gereizt war.

Eben von Wien zurückgekehrt, hatte er dort den Sonntagsstaat eines Tölzer-Floßmeisters sich machen lassen, den er jetzt trug, und der ihm sehr gut stand. Auf seiner linken Schulter blitzte eine gewaltige Axt,

:r rechten Hand trug er einen Wanderstab
inbarer Dicke, aber aus geschmiedetem
dem jeder kräftige Hieb tödtlich gewesen

anf' euch, liebe Leute," erwiederte er die
, „es freut mich, euch wieder zu sehen.
will denn der da mit seinem halbgezogenen

Jauer Kurt erzählte, was vorgefallen war.
die Wahrheit gesagt, Kurt. Steck' dein
r in die Scheide, Teufelsnestler, sonst
mit mir zu thun!"
ben Meister Wellinger in Ruh, sonst
dir schlecht gehen," mahnte Töffel.
scheere mich den Teufel um den Meister
er, und erst recht zieh' ich mein Schwert
den, der meinen gestrengen Herrn Ritter
."
? der Meister Wellinger ist da?" rief die
in der Küche, und eilte herbei.
t zum Gruß, Meister Wellinger," sagte
ihre Hand reichend, die sie zuvor mit ihrer
sorgfältig getrocknet hatte.
linger gab ihr grüßend die Hand, die sie
ich gedrückt hatte, zog sie aber schnell wieder

o ihr immer gesund geblieben, Meister?"
mer."
hab' ich doch nicht umsonst täglich den lie-
gebeten, euch in seinen heiligen Schutz zu
Ihr aber habt gewiß nie an mich gedacht."
ft oft, Wirthin, recht oft, so oft ich an die
te, die mir ein braves Eheweib in's Haus
ollte," erwiederte Wellinger lächelnd; dann
leiser hinzu: „doch darüber kann ich nur
r Augen mit euch sprechen."

„Je eher, je lieber, Meister," flüsterte die Wir=
thin mit ihrer verliebtesten Miene; denn sie zweifelte
keinen Augenblick mehr, daß er ihr, was sie schon
längst wünschte, einen Heirathsantrag machen werde.

„Beliebt ein Krug Bier?"

„Bringt mir einen Krug welschen Wein!"

„Ich schick' ihn euch durch meine Kellnerin Beate,
eure Base."

„Auch recht," versetzte Wellinger mit scheinbar
ganz gleichgültiger Miene, da er den unheimlich lauern=
den Blick der Wirthin bemerkte. „Sie ist also noch
im Dienste bei euch?"

„Ja."

„Wie führt sie sich denn auf?"

„Gut; kann nicht klagen. Aber dumm muß sie
sein, nehmt mir's nicht übel, daß ich so von eurer
Base spreche, denn sie hätt' schon zweimal heirathen
können. seitdem ihr nicht mehr dagewesen seid, einen
Glasermeisters= und einen Rothgerberssohn, alle Zwei
hübsche und vermögliche Leute, aber sie hat nicht
wollen."

„Warum nicht?"

„Sie sagt, sie wolle lieber bei mir dienen, als
heirathen."

„Da steckt ihr halt noch das Klosterleben bei den
Nonnen zu Beuerberg im Kopfe."

„So wird's sein; denn sie sagt oft, daß sie lieber
eine Klosterfrau als ein Eheweib zu werden wünsche."

„Laßt mich nur allein mit ihr sprechen, Wirthin;
ich will ihr den Kopf schon zurecht setzen, daß sie
gewiß heirathet, wenn wieder ein Freier kommt. Wo
ist sie denn?"

„Oben in der Kammer rechts näht sie; sie arbeitet
recht schön, was sie den Klosterfrauen zu verdanken
hat, bei denen sie zwei Jahre lang zur Erziehung

war. Geht zu ihr, Meister, redet ihr tüchtig zu! Ich trag' euch den Wein hinauf."

Wellinger entfernte sich langsam, um nicht den Verdacht der Wirthin zu erregen, daß er aus besondern Gründen zu Beaten auffallend eilen wolle.

Zwei Liebende.

„Endlich sehe ich dich wieder nach langer Zeit, liebe, liebe Beate," rief Wellinger, in die Kammer der Jungfrau tretend, die ihm mit einem unterdrückten Freudenschrei in die Arme flog, sich aber schnell von ihm losmachte und ängstlich fragte:

„Belauscht uns die Wirthin nicht?"

„Jetzt nicht; sie will mir einen Krug Wein bringen und dann — "

„Ja, dann wird sie in irgend einem Winkel, vielleicht durch den Ofen, auf unser Gespräch horchen. Höre, lieber Gregor! Ich will mich kurz fassen. Die Wirthin Zapf, erst 30 Jahre alt, die Wittwe ihres vierten Mannes, — heiliger Gott, ich hörte munkeln, daß sie alle Vier vergiftet habe, — ist ein Satan mit heuchlerischem Gesichte; sie hofft und erwartet bestimmt, daß du sie heirathen werdest — "

Wellinger lächelte.

„Und nur deßwegen behält sie mich im Dienste, weil sie weiß, daß du bisweilen mich als deine Base besuchest. Unser grausamer Richter Ganterus ist ihr Hausfreund; dreimal in jeder Woche schleicht er nächtlicher Weile in's Haus, das er immer erst spät nach Mitternacht verläßt. Sie schleicht scheinheilig in allen Häusern umher, blos um Unfrieden zu stiften, brave Eheleute aneinander zu hetzen, Liebende zu trennen, und durch falsche Anzeigen Leute in Strafe zu bringen, deren Betrag der gierige Ganterus mit ihr theilt. In den Nächten, wo dieser nicht kommt, um zu hören, welche neue Beute sie ihm etwa wieder in sein Netz treiben könne, schleicht sie im Orte von Haus zu Haus, und lauscht an allen Ecken, ob sie nicht ein Gespräch höre, aus dem sie Nutzen schöpfen könne.

„Um Gottes Willen, Gregor, bring mich aus diesem Hause, in welchem ich nur noch so lange blei=ben wollte, bis ich dich wieder sehen, und dir mein Leiden klagen könnte!"

„Sei unbekümmert, liebe Beate! Heute ist Mon=tag! am nächsten Sonntage komm' ich als dein Bräu=tigam!"

„Wirklich? Ist das dein voller Ernst? O wie freue ich mich auf das Ende meines Kummers! Nimm mich dann aber ja sogleich mit dir, sonst ist's um mich geschehen, sobald sie weiß, daß du mich heira=then willst, und nicht sie!"

„Ah, nun begreif' ich, daß die Wirthin, als ich kam, meine Worte auf sich bezog."

Er erzählte ihr Benehmen, und daß sie erwarte, er werde Beate dahin bringen, den nächsten Hei=rathsantrag anzunehmen.

„Ich konnte ihr dieß recht gerne versprechen, und hoffe auch, dieses Versprechen halten zu können, wenn es dir noch Ernst ist, mich zu heirathen."

„Wie kannst du nur so etwas sagen, Gregor! Still, still! Ich höre die Wirthin über die Stiege heraufschlarfen in ihren ausgetretenen Hausschuhen, obgleich sie immer schleicht, wie eine Katze."

„Sie wird mir den Wein bringen."

„Und horchen, bevor sie eintritt, und wenn sie fort ist, auch wieder."

„Meinetwegen! Ich will jetzt so mit dir reden, wie es die Wirthin gerne hört."

Mit ziemlich lauter Stimme fuhr er fort:

„Also, liebe Base, vergiß nicht, was ich dir gesagt habe, und thu, was ich dir gerathen; es ist ur zu beinem Glücke. Ich gebenke zu heirathen, nb will, baß auch du heirathest. Die Frau Wirthin ier ist eine gute, rechtschaffene Frau, die auch wieber inen braven Mann verbient, und einen solchen neh= nen sollte. Ich glaub's wohl, baß du lieber bei hr forthienen, als heirathen möchtest, weil man oft iicht weiß, wie es Einem im heiligen Ehestande geht. Bebenke aber, baß du die arme Doppelwaise meines eligen Vetters, des braven Försters Sanbelbach ıist, dem ich noch auf seinem Tobbette versprach, dich ,u versorgen. Du mußt also heirathen; weißt du ıd)en Einen, den du heirathen möchtest, so sag's; venn ich nichts Rechtes dagegen einzuwenden habe, 'o sollst du ihn bekommen; auf ein ordentliches Stück Selb und auf eine schöne Aussteuer kommt es mir ıuch nicht an; ich hab's ja. Nun sprich!

„Ich weiß Keinen."

„Nun, so bring' ich bir Einen zu, mit bem du gewiß zufrieden bist. Willst du?„

„Ja."

„Also abgemacht! Vielleicht halten wir unsere Hochzeit miteinanber!"

Die Thüre ging auf, vor welcher die Wirthin gehorcht hatte, und nun mit freubestrahlenber Miene eintrat, ben Krug Wein in der Hand.

„Endlich!" rief Wellinger lachend aus, „wolltet ihr mich denn verbürsten lassen?"

„Nehmt mirs nicht übel, Meister, baß ich ſo lange ausblieb; allein meine Gäste unten geriethen wieder in Streit mit dem Reisigen, der immer mit seinem Schwerte herumfuchtelt; ich hatte die größte Mühe, nur ein wenig Ruhe herzustellen. Wie ging's euch mit der Base?" fragte sie leise, während Beate schon wieder bei ihrer Näharbeit saß.

„Ganz nach Wunsch! Sie hat eingewilligt!"

„Gottlob!"

„Ja, ja, das macht mich auch recht glücklich!“

„Das kann ich mir wohl denken,“ erwiederte die Wirthin mit einem zärtlichen Blicke.

„Horcht!“ sagte Wellinger, - „da unten geht's wieder los! Diesem Höllenlärm will ich ein Ende machen!“

„Um Gott, Meister, schont euer Leben, das mir so theuer ist!“ rief die Wirthin dem mit dem eisernen Wanderstabe Forteilenden nach.

„Bringt mir den Wein herunter!“ hörte man seine Stimme von der Treppe herauf.

Die Wirthin und Beate eilten ihm nach.

Wie man Frieden stiftet.

Da Wellinger die Thüre der Gaststube aufriß, wollte der Reisige eben einen Schwerthieb gegen Töffel führen, als ihn ein Schlag des eisernen Stabes auf die Hand traf; mit einem Schmerzens= schrei ließ er das Schwert fallen, und taumelte zurück. Der Riese warf den Eisenstab weg, faßte mit der linken Hand den Reisigen an der Kehle, mit der rech= ten Hand am Gürtelriemen, hob ihn hoch empor, und warf ihn durch das offene Bogenfenster hinaus auf die Straße, hinterdrein sein Schwert, mit den Worten:

„So stiftet man Frieden! Ich hätte dein Schwert entzweigebrochen, und dir die Trümmer an den Kopf geschleudert, allein die Hand eines ehrlichen Mannes beschmutzt sich nicht mit dem Blute an der Klinge eines Mörders!“

Der Reisige hatte einen unsanften Fall gethan, weiter nichts, da die Wirthsstube zu ebener Erde lag. Er raffte sich auf, steckte sein Schwert wieder in die Scheide, ballte drohend die Faust gegen die Stube, und ging fluchend fort.

Alle Gäste dankten dem Wellinger, daß er sie

n diesem Raufbolde befreit habe, und rühmten seinen Muth und seine Stärke.

„Mich hungert jetzt!" sagte er; „Frau Wirthin, bringt mir einen Imbiß, wie die Ritter sagen, wir gemeinen Leute aber müssen uns mit Essen und Trinken begnügen, thut's aber auch."

„Gleich, gleich, Meister! In einer Viertelstunde ist ein saftiger Rehbraten fertig. Nur ein wenig Geduld!"

„Gut. Um mich aber leichter gedulden zu können," fuhr er fort, indem er seinen Krug Wein austrank, „bring mir wieder einen vollen Krug, Base Beate!"

Von den Blicken der Wirthin belauert, nahm Beate den von ihrem Geliebten dargereichten Krug mit der gleichgültigsten Miene, und ging langsam fort, ihn zu füllen.

„Die läßt sich Zeit," flüsterte die Wirthin dem Bellinger in's Ohr; „eure Predigt vorhin mag sie unwirsch gemacht haben."

„Meinetwegen! Sie muß doch thun, was ich haben will."

„Darin bin ich ganz mit euch einverstanden. Wie steht's, Meister, werdet ihr bei uns übernachten?"

„Nein."

„Nach Tölz heim habt ihr fast 7 Stunden; das wäre ein zu weiter Fußweg für euch, da ihr heute schon so weit gegangen seid. Ich will euch einspannen lassen."

„Ich danke; ich will heute noch nach Bayerbrunn, um mit dem Wirthe dort einen Holzhandel abzuschließen. Bis dahin ist's ja nur ein Katzensprung."

„Ein sauberer Katzensprung von mehr als zwei Stunden!"

Der Rehbraten wurde aufgetragen. Bellinger aß nur die Hälfte; das Uebrige gab er dem Töffel, und sagte zu ihm:

„Töffel, geh' heute noch auf die Flößerherberge und melde dort, daß ich 20 bis 30 Floßknechte zu einem Unternehmen nach Wien brauche, gegen besonders gute Bezahlung. Wer dazu Lust habe, möge am nächsten Sonntage nach der Frühmesse in diese Stube kommen, damit ich das Nähere mit ihnen verabreden kann; sag' ihnen auch, daß ich an jenem Tage Alle zechfrei halten werde, die sich von mir anwerben lassen. Deine Zeche hier, für den heutigen Tag, bezahle ich der Wirthin, und was du Abends auf der Herberge verzehrest, soll auch auf meine Rechnung gesetzt werden."

„Großen Dank, Meister!" erwiederte Töffel; „verlaßt euch darauf, daß ich auch die verlangten Leute, lauter rechtschaffene, keine Lumpen, richtig verschaffen werde."

Unter allerlei Gesprächen und Erzählungen, besonders vom Teufelsneste und dem Ritter Judas darin, von welchem gräßliche Schandthaten gemeldet wurden, verging eine Stunde.

„Während ich gestern in München war, hörte ich in einer Schenke aus dem Munde eines Rathdieners, daß unser gnädigster Herr Herzog Ludwig der Strenge, welcher gar viele Raubburgen am Rhein zertrümmerte, und die gefangenen Raubritter hängen oder köpfen ließ, demnächst in München ankommen werde. Ich habe dem Rathdiener ein gutes Trinkgeld versprochen, wenn er mir die Ankunft des Herzogs durch einen nach Tölz heimkehrenden Floßknecht sogleich werde melden lassen.

„Dann werde ich mit noch vier andern Floßmeistern von Tölz, die wir die Isar befahren, zum Herrn Herzoge nach München reisen, ihm vorstellen, daß durch das Teufelsnest und dessen Besitzer, den Raubritter Judas, unser Leben, eigenes und fremdes Eigenthum, täglich in der äußersten Gefahr stehe, ja

schon vielfach verloren gegangen, da der Judas,
so oft er eine reiche Ladung wittere, eine gewaltige
Kette über den dort schmalen Fluß ziehen, die Weiter-
fahrt hemmen, die Floßleute mit vergifteten Pfeilen
erschießen, und die ganze Ladung rauben, und in das
Teufelsnest hinaufschleppen lasse.

„Ich zweifle keinen Augenblick, daß der strenge
Herr Herzog Ludwig gar bald die Teufelsbrut
aus ihrem Neste ausheben und vernichten, das
Teufelsnest aber bis auf den Grund zertrüm-
mern werde. Wir Floßmeister von Tölz sind gerne
bereit, mit Geld und unsern Armen, unter dem
kräftigen Beistande unserer wackeren Floßknechte zu
diesem rettenden gottgefälligen Werke nach Möglichkeit
beizutragen.“

„Meister,“ sagte der Schlossergeselle Valentin,
der neben demselben saß, ihm in's Ohr, wenn ihr
bei diesem Unternehmen etwa einen Mann braucht,
der ohne alles Geräusch jedes Schloß, alt oder neu, groß
oder klein, gar leicht zu öffnen vermag, so gedenket
meiner! Zum Glück bin ich ein ehrlicher Mensch,
sonst würde ich euch dieß nicht anvertrauen, was auch
noch Niemand von mir erfuhr, weil ihr glauben könntet,
ich müßte ein ausgelernter Dieb sein.“

„Gut, daß ich dieß weiß,“ flüsterte ihm Wellinger lächelnd zu; „wenn man euch zu diesem Zwecke
nöthig hat, so werde ich von euerm Anerbieten gewiß
Gebrauch machen.“

„Wirthin, meine Zeche! Rechnet auch noch ein
Fäßchen Bier dazu, das die anwesenden Gäste auf
eure Gesundheit, auf meine, und besonders auf die
Gesundheit meiner Base Beate trinken sollen, ihr
wißt schon warum, Wirthin,“ fügte er mit einem
Blicke des Einverständnisses bei, den er der Getäusch-
ten mit einem schelmischen Blicke zuwarf.

Er zog seinen ledernen Geldbeutel.

„Es hat ja keine Eile, Meister,“ erwiederte die Wirthin. „Das ist ja gar keine Zeche. Wenn ihr aber durchaus bezahlen wollet, so thut es am nächsten Sonntage!“

„Nein, nein, das kommt bei mir nicht vor. Die Zeche, Wirthin!“

Er bezahlte, stand auf und sagte:

„Jetzt ist's Zeit, daß ich mich auf den Weg nach Bayerbrunn mache!“

Eine drohende Verhaftung.

Er hatte diese Worte kaum gesprochen, als vier mit Spießen bewaffnete Gerichtsdiener in die Stube traten.

„Ist nicht unter euch der Floßmeister, Gregor Wellinger von Tölz?“ fragte Einer derselben.

„Ich bin's!“ antwortete Wellinger, in seiner Riesengröße vor sie hintretend, die blitzende Axt auf seiner Schulter, den Eisenstab in seiner Hand, schon reisefertig. „Was wollt ihr von mir?“

„Der gestrenge Herr Richter Ganterus hat uns befohlen, euch gefangen vor ihn zu führen, damit er eine Strafe von vier Pfennigen von euch erhebe, weil ihr in der Schenke hier muthwillig einen Raufhandel angefangen, und sogar einen ehrbaren Reisigen zum Fenster hinausgeworfen habt.“

„Das ist nicht wahr,“ rief die Wirthin; „der Reisige hat Streit angefangen; er ist der Schuldige.“

„Ja, so ist's,“ stimmten Alle bei.

„Ohne Hilfe des Meisters Wellinger hätt' er mich umgebracht,“ sagte Töffel.

„Habt ihr's nun gehört Leute?“ fragte Wellinger die Gerichtsdiener. „Meldet es dem gestrengen Herrn Richter Ganterus! Ich habe keine Zeit mehr, mit euch zu ihm zu gehen; da, bringt ihm die 4 Pfennige Strafe, und da habt ihr noch 4 Pfennige, die gehören euch für euern Gang. Euerm Richter aber sagt, daß der „ehrbare" Reisige ein Mordgeselle des Raubritters Judas sei, und daß es der gnädigste Herr Herzog Ludwig übel vermerken werde, wenn er es erfährt, wofür ich sorgen will, daß der Richter Ganterus den „ehrbaren" Reisigen nicht am Galgen aufknüpfen ließ. Nun könnt ihr gehen!

Die vier Gerichtsdiener murmelten ihren Dank und entfernten sich.

„Wirthin, vergeßt nicht, am nächsten Sonntage aufzutischen, was Küch' und Keller vermag! Es soll eine Verlobung gefeiert werden."

„Ich werde Alles thun, was ich vermag, Meister, verlaßt euch darauf!" erwiederte die Wittwe Zapf mit hoffnungsvoll-freudiger Miene.

„Und nun gehabt euch Alle wohl, bis wir uns wiedersehen!"

Wellinger schritt zur Thüre hinaus und trat den Weg gegen Bayerbrunn an.

Beate war nicht in der Stube; er hatte nicht mehr nach ihr gefragt, auch keinen Gruß an sie aufgegeben, er wußte wohl warum; die Wirthin legte dieß zu ihren Gunsten aus.

Ein unheimlicher nächtlicher Besuch.

Neben der Zechstube im Wirthshause zum „feurigen Lindwurm" lag zur Rechten des Eintretenden die Küche, zur Linken die Schlafkammer der Wirthin, aus welcher durch eine Hinterthüre ein kurzer schmaler Gang in den Obstgarten, und aus diesem eine Zaunthüre in ein enges Gäßchen führte, das auf den Marktplatz ausmündete.

Es war schon 10 Uhr in der Nacht, als die Wirthin noch in großer Aufregung in ihrer, durch ein spärliches Nachtlicht nur schwach erhellten Kammer auf- und abging.

„Ja, ja," murmelte sie vor sich hin, „ich mache jetzt ein großes Glück, und bekomme einen jungen, schönen und reichen Eheherrn, den ich auf den Händen tragen will. Aber wie lange? Je nun, so lange, als ich mit ihm zufrieden sein werde. Meine früheren 4 Eheherren hab' ich Anfangs auch, so zu sagen, auf den Händen getragen, bis sie nach und nach allerlei an mir auszusetzen hatten, und Tag und Nacht zankten und belferten. Als sie es mir gar zu arg machten, hab' ich ihnen ihre Fehler durch ein wirksames Hausmittel für immer abgewöhnt. Sie liegen mir gut. — Ich lege den fünften auch dazu, wenn er sich zu viel herausnehmen will.

„Mein Anwesen muß ich dann verkaufen, wenn ich Floßmeisterin in Tölz bin. Von hier fortzugehen, kommt mir hart an: hier bin ich eine Person, die Alles weiß, was im Orte vorgeht, und ihren Nutzen daraus zieht. Mit dem Richter Ganterus kann ich dann auch nicht mehr verkehren, und meine einträglichen geheimen Geschäfte mit dem Ritter Judas werden auch aufhören müssen. Jetzt bin ich Wittwe, noch bei guten Jahren, kann thun, was ich mag, und Niemand hat mir etwas einzureden. Aber dann! Wenn ich des Riesen Weib bin, und er wird wild, so streckt er nur die Hand aus, und zerquetscht mich wie ein Ei."

Sie horchte, da sie Tritte und Worte von der Straße her vernahm. Um zu lauschen, trat sie an das einzige vergitterte Fenster ihrer Schlafkammer, dessen breiter lederner Vorhang auch nicht den schwächsten Strahl auf die Straße hinausschimmern ließ.

Zwei Stimmen ließen sich hören.

„Gehen wir noch in den Lindwurm hinein auf einen Becher Welschen?"

„Hast du noch nicht genug gesoffen? Siehst du

kein Licht mehr brennt? Die schlafen

Gewiſſen der Wirthin muß viel ertragen
m ſie ſchlafen kann?"
n?"
' ich fragen! Denk' an ihre 4 Männer!"
; Jetzt bekommt ſie einen fünften?"
oll der fünfte ſein?"
eißt es nicht?"

Gregor Wellinger, der reiche Floßmei=
ölz."
ibere lachte.
bich doch nicht hänſeln, Brüderl! der
enkt nicht daran, eine vierfache Giftmi=
heirathen — "
ſtill! baß bich Niemand hört, ſonſt geht's
Beweiſen kannſt bu es ja boch nicht!"
wir heim!"
rthin hörte Beide fortſtolpern.
e Hand auf bie Lehne ihres großen Stuh=
ſtand ſie voll kochenber Wuth im Herzen
)a.
es ſo wäre? Wenn er mich nicht heira=
' Dann müßte er ſterben! Eine Andere
nicht bekommen. — Im Grunde hat er
nicht beutlich geſagt, baß ich ſein Weib
ſondern nur zu verſtehen gegeben. Das
ſt hat er auf nächſten Sonntag beſtellt!
mich überraſchen."
Kammer auf= unb abgehenb, begann bie
langſam zu entkleiden.
e es leiſe an bie Thüre, bie ſie von
lt hatte.
nicht bas mit Ganterus verabrebete

Zeichen," dachte sie sich; „er kann's nicht sein. Wer sonst?"

Das Pochen wiederholte sich.

„Wer klopft?" fragte sie leise, der Thüre sich nähernd.

„Ich, der Simon," lautete eben so leise die Antwort.

„Was willst du?"

„Mach schnell auf, Renata, ich muß bringend mit dir reden. Ganterus schickt mich; gute Geschäfte!"

Die Wirthin ließ ihn herein, und verriegelte dann die Thüre wieder mit vorsichtiger Hand.

Ein schreckliches Geschäft.

„Warum so spät, Simon?"

„Um nicht gesehen zu werden."

„Gibt's Geld zu verdienen?"

„Viel Geld!"

„Weiß Ganterus davon?"

„Ja; er hat mich ja zu dir geschickt, wie ich schon sagte."

„Das war dumm von dir."

„Warum?"

„Weil wir keinen Dritten zum Gelde gebraucht hätten."

„Ganterus mußte in das Geschäft einwilligen, wie der Ritter Jubas ausdrücklich befahl, weil es sonst uns Beiden, wenigstens mir, an den Hals gehen könnte."

„So sprich, was gibt's?"

„Schenk mir zuvor ein Glas von deinem Schlaf=trunke ein, der dort im Schranke steht, von der wel=schen Essenz, die mir schon oft recht gut gemundet hat; aber gib Acht, daß du die rechte Flasche erwischest, und nicht jene, aus welcher du deinen vier Eheherren den letzten Schlaftrunk eingeschenkt hast!"

„Willst dü schweigen, du Lügner!"

„Oho, bei mir brauchst du nicht die Unschuldige zu spielen, wir kennen einander recht gut. Ganterus, dein vertrauter Freund, hat dir zu Liebe viermal seine beiden Augen zugedrückt, sonst hätte er dich schon nach dem Tode deines ersten Mannes verbrennen lassen."

„Ich will nichts davon hören," erwiederte die Wirthin, wärend sie ein Glas Essenz einschenkte, austrank, wieder füllte, und dem Simon mit den Worten hinstellte:

„Wohl bekomm's! Weil ich selbst davon getrunken habe, brauchst du nicht zu fürchten, von mir vergiftet zu werden. Nun heraus mit dem Geschäfte!"

Simon trank das Glas auf einen Zug aus, und reichte es der Wirthin wieder zum Füllen hin.

„Ah, das bringt Feuer in den Leib! Nun höre, Renata! Du hast dem Ritter Jubas seit 2 Jahren schon mehr als ein Dutzend hübsche Dirnen auf vier Stunden in der Runde gegen gute Bezahlung in die Hände geliefert, und nun ist er ganz närrisch verliebt in ein schönes Weibsbild, das er auf einer Wallfahrt gesehen hat. Der Ritter zahlt dir vierzig Goldgulden „Schußgeld für dieses Wildpret," wie er lachend sagte."

„Und wenn ich Mühe und Angst habe, und doch der Schuß fehlt, was hab' ich dann? Nichts."

„Er hat dich ja immer redlich bezahlt, Renata!"

„Ja, wenn er die Beute in seinen Krallen hatte."

„Um dir Muth zu machen bezahlt er dich dieses Mal gleich zum Voraus. Siehe, da sind die vierzig Goldgulden."

Simon schüttelte die Goldgulden aus dem abgeschnittenen unteren Theile eines Strumpfes auf ein

wollenes Tuch, das über das Tischlein gebreitet war,
an welchem Beide saßen.

Die Wirthin schaute mit gierigen Augen auf das
Geld hin, und zählte es.

„Richtig, vierzig Goldgulden!"

„Nimm sie nur Renata, du wirst sie mit leichter Mühe verdienen; wahrhaftig 's ist geschenktes
Geld! Ich verlange nichts davon; wenn's gelingt,
woran ich gar nicht zweifle, so wirst du mir schon
ein gutes Trinkgeld geben."

„Gewiß."

Sie steckte die Goldstücke in ihre Tasche.

„Wer ist denn das schöne Weibsbild, das der
Ritter Judas will?"

„Deine Kellnerin Beate."

Die Wirthin fuhr entsetzt zurück.

„Das kann nicht sein, flüsterte sie ängstlich, das
kann nicht sein, wenigstens jetzt nicht; vielleicht später; ich bin froh, wenn ich sie vom Halse habe."

„Warum jetzt nicht, Renata?"

„Das ist ein Geheimniß, Simon, das ich dir
anvertrauen will. Am nächsten Sonntage ist in
meinem Wirthshause meine Verlobung mit Gregor
Wellinger, dem reichen Floßmeister von Tölz."

Simon sprang von seinem Stuhle auf, faßte die
beiden Hände der Wirthin, und sagte:

„Bist du denn irrsinnig, Renata?"

„Warum irrsinnig?" erwiederte diese erbleichend.

„Schau, ich möchte dich jetzt hellauf auslachen,
wenn ich nicht still sein müßte. Der Herr Pfarrer
von Tölz kann's dir bestätigen, daß Wellinger
seine Base Beate nächstens heirathen wird; bei
dem Pfarramte und bei dem Gerichte ist schon Alles
im Reinen und abgemacht. Die Verlobung am nächsten Sonntage, in deinem Wirthshause, wird er mit
der Beate feiern, nicht mit dir!"

„Unmöglich! Unmöglich! Woher weißt du dieß?"

„Von einem Tölzerfuhrmanne. In Tölz weiß es schon jedes Kind."

„Warum sagtest du mir nichts davon?"

„Ei, ich dachte mir, du werdest es selbst am Besten wissen, weil Trank und Speise zum Verlobungsfeste bei dir bestellt sind."

„Wohlan, ich will mich rächen!"

„Thu's, Renata!"

„Aber wie? Ich wag's nicht, die falsche Schlange mit Gewalt aus dem Wege zu räumen."

„Ist auch nicht nothwendig. List ist besser."

„Rathe mir!"

„Schicke sie unter irgend einem Vorwande gegen Gagers hinaus in den Wald; dort warte ich auf sie mit vier Kameraden, und wenn wir sie haben, kommt sie uns nicht mehr aus, und das Wildpret wird dem Ritter Judas richtig in die Küche geliefert."

„An welchem Tage, und zu welcher Stunde?"

„Je eher, desto besser; etwa am nächsten Donnerstag Abends 6 Uhr. Zu dieser Stunde schicket sie gegen Gagers hinaus!"

„Gut, es bleibt dabei! Ein Vorwand, sie fortzuschicken, ist mir schon eingefallen."

„Du bist gar schlau, Renata. Wenn's vorüber ist, bring' ich dir gleich Botschaft, und hole mein Trinkgeld."

„Komm nur, du wirst zufrieden sein."

„Bald hätt' ich vergessen, dir zu sagen, daß ich dem Richter Ganterus vorlog, daß der Ritter Judas mir 20 Goldgulden für dich mitgegeben habe; ich weiß nicht, wie viel du ihm davon gibst; die andern 20 Goldgulden bleiben dir in jedem Falle."

„Das hast du gut gemacht, Simon! Da nimm dafür zur Belohnung einstweilen zwei Goldgulden!"

„Danke. Gute Nacht Renata!"

„Gute Nacht, Simon! Nicht vergessen!"

„Sei unbesorgt! Noch etwas! Warum haft du denn heute in der Wirthsstube zu meinem Feinde geholfen?"

„Um den schon lange bestehenden Verdacht zu widerlegen, daß wir zu schlechten Streichen zusammenspinnen."

„Aha!"

Die Wirthin öffnete ihm sorgfältig die Thüre, durch welche er fortschlich.

Simon hatte nicht bloß den Ganterus zum Besten der Wirthin, sondern auch diese zu seinem eigenem Vortheile betrogen, denn vom Ritter Judas waren ihm 50 Goldgulden für den Raub Beatens mitgegeben worden.

Die Wirthin legte sich mit Rachegedanken zu Bett, und entschlief bald. Eine Viertelstunde später huschte eine kleine dunkle Gestalt, in ein schwarzes Mäntelchen gehüllt, ein spitziges Hütlein auf dem Kopfe, durch den Obstgarten hinaus, und rannte auf Seitenwegen hinter dem Wirthshause davon.

Das Burgweiberl zu Bayerbrunn.

Der Holzhandel mit dem Wirthe von Bayerbrunn war nicht die Haupturfache, welche den Floßmeister Wellinger dorthin zu gehen veranlaßte. Er wünschte mit der Wittwe des Ritters Benno von Thurmstein zu sprechen, der vor acht Jahren in der Vertheidigung seiner Burg mit dem Schwert in der Hand gefallen war, als es dem Raubritter Judas gelang, durch List und Verrath die Burg zu erobern.

Seit jener Zeit führte die Wittwe Cordula die Hauswirthschaft ihres Bruders Odilo, Ritters von Bayerbrunn, in seiner Burg daselbst, und sie war unter dem Namen „das Burgweiberl" weit umher in der Gegend als eine unermüdliche Wohlthäterin der Armen gepriesen. Ihre freien Stunden benützte sie zu köstlichen Stickereien in Seide und Atlas zur würdigen Ausschmückung der Ortskirche. Sie war jetzt etwa 36 Jahre alt, hatte ein Söhnlein von zehn Jahren, Konrad getauft, welchen Odilo, der wegen Brustleiden unverheirathet geblieben war, wie seinen eigenen Sohn innigst liebte, und trug immer nur Trauerkleider, die sie zeitlebens nicht abzulegen gelobt hatte.

„Es freut mich, Gregor, dich bei mir zu sehen," sagte das Burgweiberl mit freundlichem Gruße, als jener eintrat; „mein seliger Eheherr hat große Stücke auf dich gehalten, als du ihm die welschen Weine, und sonstigen bestellten Burgbedarf, auf einem der Flöße deines in Gott ruhenden Vaters immer pünktlich und wohlbehalten brachtest. Was ist dein Begehr?"

Sie saß an einem Tische mit ihrem Bruder Odilo, vor dem ein mit Kräutertrank gefüllter Becher stand. Der kleine Konrad suchte nebenan ein großes Schwert seines Oheimes aus der Scheide zu ziehen. Dieser Konrad hat 36 Jahre später geschichtlich als Ritter Konrad von Bayerbrunn am 28. September 1322 im Heere unsers großen Kaisers Ludwig, genannt der Bayer, in der Siegesschlacht bei Ampfing überaus tapfer gekämpft.

„Gestrenge Frau," antwortete Wellinger, „ich will mich kurz fassen. Ihr selbst werdet es wohl schon wissen, daß unser gnädigster Herr Herzog Ludwig der Strenge demnächst nach München kommen werde. Da möchte ich denn zu ihm gehen und ihn bitten, das Teufelsnest zu zerstören, das uns Tölzern die Floßfahrt auf der Isar bald unmöglich machen, und uns Alle völlig zu Grunde richten wird. Dazu kommen noch die Raub- und Mordzüge des verfluchten Räubers Judas, und seine Jagd auf das Weibsvolk weit und breit, das er heimschleppt, und nach Frevelthaten gewiß umbringt, weil Keine von den vielen vermißten Dirnen seit vielen Jahren jemals wieder sichtbar geworden ist. Nun bitt' ich den gestrengen Herrn Ritter, und euch, gottselige edle Frau, um euern weisen Rath, wie ich es anzugehen habe, um meinen Zweck zu erreichen."

„Bruder, sprich du zuerst," sagte Corbula. Obilo schüttelte den Kopf.

„Ich glaub' nicht, daß der Herzog Ludwig in dieser Sache jetzt etwas thun kann, wenn er auch wollte. Schwere Sorgen liegen ihm auf dem Herzen, und von seiner wehrbaren Mannschaft kann er nichts entbehren. Man braucht ihn auch gar nicht, wenn man tüchtig zusammenhilft. Wenn Judas durch List und Verrath Thurmstein erobern konnte, warum sollte man es gegen ihn nicht gerade so machen können? Ich stelle zu diesem Unternehmen 30 tapfere Reisige, der hochwürdige Prior des Klosters Schäftlarn kann und wird wenigstens 50 Reisige überlassen, erbetene Zuzüge aus benachbarten Klöstern und Edelsitzen werden nicht ausbleiben, und wenn auch du, Gregor, ein paar Dutzend auftreiben kannst, so wird man schon mit dem Judas fertig werden, auch ohne des Herzogs Beistand. Bist du meiner Meinung, Corbula?"

„Vollkommen!"

„Ein paar Dutzend soll ich auftreiben können, meint ihr, gestrenger Herr Ritter? Zweihundert bring' ich und stelle mich an ihre Spitze, lauter Leute, die den Teufel auf freiem Felde fangen würden."

„Desto besser," entgegnete Obilo, „dann haben wir mehr als genug. Was unser Burgvogt Isidor dazu sagt, sollten wir auch noch wissen, da er in früherer Zeit mir schon einmal Mittheilung machte, daß dieses Raubnest durch List leicht zu zerstören wäre. Obilo ließ ihn rufen und erfuhr nun aus dessen

Munde, daß es ein Mittel gäbe, die Teufelsbrut ver-
dürsten zu lassen, wenn die einzige Quelle, welche dem
Teufelsneste das Wasser liefert, und deren Ur-
sprung Isidor bekannt war, abgegraben würde.

Sie sprachen noch eine Weile mit einander, als
ein kräftiger Schlag, ohne Zweifel mit einem schweren
Steine gegen das eiserne Burgthor geführt, erdröhnte.

„Was mag dieß bedeuten?" sagte Odilo, indem
er aufstand, und an das Bogenfenster trat, ohne etwas
zu sehen in der stockfinstern Nacht.

Eine entsetzliche Botschaft.

„Wir haben lange geplaudert, es muß schon Mitternacht vorüber sein," sagte Odilo; „dort auf dem
Feldbette ist Konrad schon eingeschlafen; geh' mit
ihm zu Bette, Corbula!"

„Ich sehne mich nicht nach Schlaf, Bruder, und
mag den süßen Schlummer meines Konrad nicht
stören. Laß mich da!"

„Wie du willst, Corbula!"

Isidor, der inzwischen um die Ursache des vor-
erwähnten Schlages sich umsah, trat ein und meldete:

„Ein junger Mensch, durch heftiges Laufen fast
athemlos, hat Einlaß begehrt und erhalten, weil er
sagte, von einem Bauer erfahren zu haben, daß der
Meister Wellinger in der Burg hier sei, mit dem
er höchst dringend zu sprechen habe. Er gibt an,
Paul zu heißen, und Stallbube zu sein im Wirthshause
zum „feurigen Lindwurm" in Wolfratshausen."

„Ganz recht! Den kenn' ich! Ein guter Junge!"
rief Wellinger, aufspringend. „Der ist nicht ohne
eine wichtige Ursache gekommen. Erlaubt, gestrenger
Herr Ritter, daß ich seine Botschaft anhören darf!"

„Recht gerne, Meister Wellinger; geh hinaus,
und sprich ganz allein mit ihm!"

„Ich hab' nichts Geheimes mit ihm zu reden,

ebler Herr Ritter, und bitte, daß Paul hier sein Anliegen vorbringen darf."

„Wie's dir beliebt."

Isidor führte den ganz erschöpften Paul in das Gemach, der vor dem ritterlichen Paare einen linkischen Kratzfuß machte, dann den Wellinger bei der Hand faßte, und schluchzend sagte:

„Ich bin so schnell zu euch gelaufen, als mich meine Füße trugen, um Euch etwas Erschreckliches zu agen, so lang es noch Zeit ist."

„Sprich, lieber Paul, was ist geschehen?"

Paul schaute schüchtern auf die Burgherrschaft hin.

„Sprich nur ganz offenherzig, Paul, als wenn wir allein wären."

Nun begann dieser haarklein vom Anfange bis zum Ende Alles zu erzählen, was die Wirthin Zapf mit dem Reisigen spät in der Nacht in ihrer Kammer gesprochen und verabredet hatte.

Mit Entsetzen vernahmen dieß die Zuhörenden. Der Riese bebte vor Wuth.

„Wie konntest du hören, was Beide sprachen?" fragte er Paul.

„Die Wirthin gab mir den ganzen Tag nichts zu essen, weil ich zu Beaten sagte, daß sie schön sei. Aus Hunger hab' ich mich in die Obstkammer geschlichen, die nur durch einen hölzernen Verschlag von der Schlafkammer der Wirthin getrennt ist. Bald darauf kam sie in diese, um zu Bett zu gehen. Ich wollte warten mit dem Fortgehen, bis sie eingeschlafen; da kam noch der Reisige, und ich konnte durch eine Bretterspalte Alles genau hören. Als dieser fort war, rannt' ich davon, um euch schnell Nachricht zu brin= gen, denn ich wußte vom Roßknechte, daß ihr nach Bayerbrunn gegangen seid.

„Du bist ein braver Junge, Paul," sagte Wel= linger, „ich werde dir's gewiß vergelten. Du mußt

gleich wieder heimgehen, damit die Wirthin keinen
Argwohn faßt, wenn sie dich am Morgen nicht im
Stalle findet."

„Der arme müde Paul soll nicht heim gehen," erwiederte der Ritter, „sondern zuvor essen und trinken,
dann einer von meinen Reisigen ihn hinter sich auf
einen Renner nehmen, und vor Wolfratshausen
absetzen. Du kannst auch ein Roß aus meinem Stalle
haben, Wellinger; ich rathe dir, dem Raube deiner
Base zuvorzukommen."

„Ja, je eher, desto besser," bemerkte Corbula;
„die Frevelthat könnte wohl auch früher geschehen."

So geschah es auch, und noch vor Anbruch des
Tages lag Paul im Stalle der Wirthin, und Wellinger, der hinter Wolfrathshausen vorüberge-
gangen war, durchsuchte den Wald, in welchem der
Raub geschehen sollte, um die geeigneten Plätze zu
erspähen, auf denen handfeste Floßknechte am Donnerstage unter seiner Anführung lauern würden.
Warum war er aber nicht gleich in's Wirthshaus
gegangen, um seine Base und Braut Beate mit sich
zu nehmen? Scheute er das Aufsehen, das sein so
früher Besuch machen könnte? War's Vorsicht für
alle Fälle? Es scheint, daß sein guter Engel ihm diesen Gedanken eingegeben hatte, denn eben wollte er
den Weg zurück nach Wolfratshausen einschlagen,
als er seitwärts im Walde ein Geräusch, und gleich
darauf einen Wehschrei hörte.

Späte Reue.

Wellinger sprang in der Richtung des Weh-
schreies in den Wald, und erblickte bald den Reisigen
Simon, der auf den Knien lag, und mit aufgehobe-
nen Händen betete.

„Ende dein Gebet, Mörder und Mädchenräuber,"
rief ihm jener zu, „denn du mußt sterben!"

„Meister," erwiederte Simon, ohne sich zu erheben, „ihr habt ein christliches Herz; hört mich nur zuvor an, dann tödtet mich, wenn es dann noch euer Wille ist!"

„Sprich!"

„Soeben ist mir meine gute, verstorbene Mutter erschienen, rang die Hände, und mahnte: „Bessere dich, Simon, sonst mußt du in die Hölle wandern!" Ich stürzte vor Schrecken zu Boden, und stammelte: „Liebe Mutter, ich will mich bessern; die Reue erfaßt mich; bitte für mich bei der heiligen Jungfrau!" Sie nickte mir liebevoll zu, und verschwand."

„Heuchelei!" entgegnete Wellinger, und hielt ihm nun seine nächtliche Verabredung mit der Wirthin vor.

„Ich weiß nicht, wie ihr dieß erfahren konntet, Meister; es ist wohl eine Fügung Gottes; mein einziger Trost ist nur, daß kein Mordblut an meinen Händen klebt. Was ihr da gesagt habt, ist Alles wahr; ich gehorchte dem Befehle des Ritters Judas, und der Teufel hat mich durch Gold verblendet. Doch ihr wißt noch nicht Alles.

„Als ich in der Nacht die Wirthin verließ, um mit dem Kameraden, der mich im Walde erwartete, heimzukehren, sagte dieser: „Kehr' nur gleich wieder um, Simon! Ritter Judas will, daß Beate noch in dieser Nacht in seine Gewalt komme. Er schickte 12 Reisige, die in der Nähe liegen. Kehr' um und mach' deine Sache gut!"

„Ich kehrte um, zur Wirthin. Schnell gefaßt, weckte sie Beaten auf, und sagte ganz freundlich zu ihr:

„Zieh geschwind deine Sonntagskleider an, liebe Beate, du mußt sogleich fort. Der Meister Wellinger erwartet dich draußen im Wäldchen mit einem Wagen; er will mit dir zum hochwürdigen Herrn

Pfarrer in Tölz, ich weiß nicht warum. Ich hab' den Mann, durch den er es mir melden ließ, wieder fortgeschickt, da ich einem Unbekannten nicht traue, werde dich aber durch unsern treuen Hausknecht Hannes hinausbegleiten lassen."

„Dieser Hannes ist aber ein Vertrauter und Mitschuldiger bei allen schlechten Streichen der Wirthin."

„Was that Beate?"

„Sie zog sich eiligst an, und ging mit Hannes fort."

„Ha, ist sie geraubt?"

„Ja."

„So fahr' zur Hölle, Scheusal!" schrie Wellinger, und schwang die blitzende Axt.

„Haltet ein, Meister! Wenn ihr mich tödtet, so bleibt Beate auf ewig für euch verloren; schenkt ihr mir aber das Leben, so werdet ihr sie an dem mit der Wirthin zuerst verabredeten Tage, am Donnerstage Nachts zwischen 12 und 1 Uhr wieder unversehrt zurückbekommen."

Wellinger ließ die Axt sinken, und starrte Simon an, blaß vor Schrecken über die furchtbare Nachricht.

„Zeige mir die Möglichkeit der Rettung Beatens, und ich schenke dir das Leben, und will dich reich belohnen!"

„Keine Belohnung, Meister, nur die Wohlthat erweiset mir dann, mich als Holzhauer in eurem tiefsten Walde zu verwenden, um auf eine ehrliche Weise mein Brod verdienen zu können."

„Das soll geschehen. Wie kannst du Beate noch aus den Klauen des Judas retten?"

„Im Teufelsnest ist der Hungerthurm, in dessen Tiefe, in gleicher Höhe mit dem Erdboden, die geraubten Dirnen, die nicht in den Willen des abscheulichen Judas sich fügen wollen, acht Tage

lang bei Waſſer und ein wenig Brod eingeſperrt
bleiben. Täglich werden ſie gefragt, ob ſie dem
Ritter gehorchen wollen. Weigern ſie ſich, ſo läßt
er ihnen nach dem achten Tage nichts mehr reichen,
und ſie müſſen verhungern.“

„Schrecklich!“

„Dorthin iſt ganz gewiß auch Beate gebracht
worden, weil an ihrer Weigerung nicht zu zweifeln
iſt. Im Innern der Burg führt ein kleines eiſernes
Thor in das Verließ des Hungerthurms, worin die
Opfer jammern, mit einem großen eiſernen Schloſſe,
zu welchem nur Judas den Schlüſſel hat. Könnte
man dieſes Schloß ohne Geräuſch öffnen, dann wär's
gewonnenes Spiel. Aber wie den Schlüſſel bekommen?“

Für einen Schlüſſel will ich ſchon ſelbſt ſorgen,“
antwortete der Meiſter, der ſich an den Schloſſerge-
ſellen Valentin erinnerte.

„Dann fällt mir ein Stein vom Herzen,“ ſagte
Simon. In dieſer Woche, in der Nacht von 10 bis
2 Uhr, hab' ich die Wache vor dem Hungerthurme.
Laßt um Mitternacht einen Uhuruf hören, dann öffne
ich euch durch ein verborgenes Schlupfpförtlein zum
Thurme, auf der hinteren Waldſeite der Burg. Die
Befreiung wird gelingen, und dann zieh' ich gleich
mit euch fort; blieb' ich noch länger, ſo wäre mein
Tod unter den gräßlichſten Qualen gewiß.“

„Ich vertraue dir, Simon, weil du mehr geſtan-
den haſt, als ich wußte, ſage dir aber, daß es nicht
gelingen würde, mich in einen Hinterhalt zu locken.“

„Mißtrauet nicht, Meiſter, ich mein's ehrlich!“

Beide verabredeten noch Alles genauer, und ſchie-
ben nach verſchiedenen Wegen. Wellinger wanderte
noch zwei Stunden lang im Dunkel des Waldes,
um ſein aufgeregtes Gemüth zu beſchwichtigen, dann
ging er am frühen Morgen nach Wolfratshauſen.

Vorbereitungen.

An der Schlosserwerkstätte blieb er stehen.

„Fleißig, Valentin?" fragte er.

„Ja, was halt sein muß, Meister Wellinger."

„Wahrhaftig, der ist mein tüchtigster Gesell," sagte der Schlossermeister, hinzutretend, und dem Wellinger die Hand schüttelnd.

„Das weiß ich recht wohl," erwiederte dieser, „und überall kann man hören, daß er Alles von euch gelernt hat."

„So ist's auch."

„Am Mittwoch müßt ihr ihn mir überlassen; ich hol' ihn nach Tölz ab, damit er mir die Schlösser in meinem Hause herrichtet, und gleich auch 6 Stück neue mitbringt. Habt ihr nichts dagegen einzuwenden, Meister?"

„Gar nichts, Meister Wellinger; es ist mir ganz recht."

„So werdet ihr wohl auch erlauben, daß ich ihn jetzt zu einem Frühstücke in den „feurigen Lind= wurm" mitnehme, um wegen der Arbeit Näheres mit ihm zu besprechen. Er soll euch dann einen Krug welschen Wein heimbringen."

„Schön, danke; er kann schon gehen."

Valentin wusch sich schnell Gesicht und Hände, und folgte Wellinger, der ihm anvertraute, wozu er seiner Hilfe bedürfe.

„Das ist für mich nur ein Kinderspiel!" äußerte Valentin lachend.

„Heda, Wirthin, wo steckt ihr?" rief Wellinger, mit Valentin in die Wirthsstube tretend.

„Da bin ich!" antwortete die Gerufene, die aus ihrer Schlafkammer herbeieilte, und bei dem Anblicke des Wellinger erschrack, der sie aus Verstellung gar freundlich grüßte.

„Ich bin ganz erschrocken an euch, Meister," sagte sie; „ich glaubte, ihr wäret in Tölz."

„Nein; der Wirth von Bayerbrunn ließ mich nicht fort, der ist gar zäh auf seinen Vortheil. Aber ich geh hernach wieder hin; der Holzhandel muß doch zu Stande kommen. Ich bin nur herauf zu euch, um nachzufragen, wie es mit dem Fest am nächsten Sonntage steht."

„Es wird Alles recht werden, Meister, verlaßt euch darauf!"

„Gut! Jetzt schnell ein tüchtiges Frühstück für uns Zwei, und welschen Wein!"

Das Verlangte kam bald. Während des Zechens fragte Wellinger die am Tische sitzende Wirthin:

„Ja, wo ist denn meine Base Beate? Laßt sie doch hereinkommen!"

„Ah, die ist heute in aller Früh nach Kloster Beuerberg. Die hochwürdige Frau Oberin hat sie durch den Baumann des Klosters abholen lassen; sie kann dort bleiben, so lange sie mag. Ich hab' ihr aber schon aufgetragen, am Samstag Abends, oder längstens am Sonntag vor der 6 Uhr Messe wieder heimzukommen, — wegen des Verlobungsfestes," setzte sie mit einer spöttischen Miene hinzu. „Aber ich weiß schon, wie das junge Volk ist, wenn man es losgelassen hat; das bekommt nie genug. Ich hoffe aber doch, daß sie nicht ausbleiben wird."

„Je nun, wenn sie nicht kommen will, soll sie ausbleiben; das Verlobungsfest wird doch gefeiert, wenn Unser Herr Gott nichts dagegen hat."

Und mit dem freundlichsten Blicke auf die Wirthin leerte er seinen Becher, bezahlte seine Zeche mit Einschluß eines Kruges welschen Weines, den Valentin seinem Meister bringen sollte, schüttelte ihr noch die Hand zum Abschiede, und ging fort nach Bayerbrunn zum Ritter Obilo und dessen Schwester, denen er

riel Wichtiges zu erzählen hatte, und wo große Ver-
abredungen getroffen wurden.

Die Wittwe Zapf aber war jetzt ganz wonne-
trunken, und zweifelte nicht mehr, daß Wellinger
am nächsten Sonntag seine Verlobung mit ihr feiern
werde, frevelhaft Gott dankend, anstatt dem Teufel,
daß es ihr gelungen war, die arme Beate sich vom
Halse geschafft zu haben.

Beate im Teufelsnest.

Schon am frühesten Morgen des nächsten Tages
neigte sich Ritter Judas über die höchste Zinne des
Hungerthurmes, und sah wie ein gefräßiger Tiger der
Ankunft seines schönen Opferlammes Beate entgegen.
Nach allen Richtungen des großen, die Burg umgür-
tenden Waldes wendete er seine glasigen Luchsaugen.
Er war ein häßliches Ungeheuer, klein und dick, mit
struppigen Haaren und dem Gesichte eines Teufels.
Als ein verwitterter Mörder glühte kein Funke des
Erbarmens in seinem steinernen Herzen. Da er längst
schon mit allen seinen Mordgesellen vogelfrei erklärt
worden war, so daß ihn Jedermann ohne alle Ver-
antwortung tödten durfte, wagte er es aus Feigheit
niemals, das Teufelsnest zu verlassen. Alle seine
Befehle, die nach Außen führten, mußten seine ver-
wegenen und verruchten Spießgesellen vollziehen.

Simon war seinen Kameraden nachgeeilt, in
deren Mitte die schreiend und jammernd sich sträu-
bende Beate fortgeschleppt wurde, und endlich erschien
der Zug in der kleinen Waldeslichtung vor dem
Teufelsneste.

Bei diesem Anblicke stieß Judas einen gellenden
Freudenschrei aus, und eilte in sein Gemach, um dort
Beate zu empfangen. Als Simon mit ihr eintrat,
rief er ihr zu:

„Bist du endlich da, schönes Täubchen, nach dem

es mir schon so lange gelüstet hat! Aus meinem Käfig wirst du mir so leicht nicht mehr entfliegen! Dein Schicksal liegt jetzt in deinen eigenen Händen. Sprich nnr gleich, ob du mein Liebchen werden oder verhungern willst!"

„Lieber verhungern!" erwiederte Beate.

„Wie du willst, mein schönes Täubchen! Statt in einem weichen Bette wirst du auf verfaultem Stroh schlafen; du hast 8 Tage Bedenkzeit, und brauchst nicht gleich zu verhungern, denn du bekommst alle Tage Wasser und ein Stücklein Brod, und kannst zu deiner Unterhaltung meine Jagd im Hungerthurme anhören. Erst wenn die Frist von 8 Tagen vorüber ist, ohne daß du erklärt hast, meine Wünsche zu erfül= len, fangt das Verhungern an, das dich wohl auch 8 Tage lang beschäftigen kann. Du willst also nicht mein Liebchen werden?"

„Nein! Niemals!"

„Wohlan, der Hungerthurm wird dich mürbe machen. Ich hole jetzt den Schlüssel dazu!"

Er eilte in ein Nebengemach, die Thüre heftig hinter sich schließend.

„Seid getrost, Beate," flüsterte ihr Simon zu, „übermorgen rettet euch Meister Wellinger mit meinem Beistande! Stille! Stille!"

Simon faßte Beate am linken Handgelenke, und führte sie über eine steinerne Wendeltreppe zum klei= nen Thore des Hungerthurmes dessen mächtiges Schloß Judas mit seinem Schlüssel öffnete; dann schob er Beate hinein, welcher ein eckliger Modergeruch ent= gegenschlug. Hierauf sperrte der Ritter sorgfältig wie= der zu, und steckte den Schlüssel in die Brusttasche seines Wamses. Bei dem spärlichen Lichte, das von der Höhe des dachlosen Thurmes in die Tiefe fiel, gewahrte Beate noch drei Opfer der Grausamkeit des Judas, die erst seit einigen Tagen hier ihre schreckliche Probezeit begonnen hatten. Erschöpft sank sie auf einen halb offenen Bund Stroh hin, wobei sie mit Grausen Ratten und Molche von allen Seiten von ihr weghuschen hörte.

Donnerstag.

Der zur Rettung Beatens bestimmte Tag war angebrochen. Nach einem wilden nächtlichen Sauf= gelage erhob sich Judas aus gräßlichen Träumen. Er wartete nur noch auf die Meldung, daß Wasser und Brod für die weiblichen Gefangenen in die Tiefe des Hungerthurmes hinabgelassen sei, um dort seine Menschenjagd zu beginnen.

Etwa bis 20 Fuß unterhalb der Zinne dieses Thurmes, so tief man durch das Licht von oben bequem sehen konnte, waren zehn viereckige Oeffnungen angebracht, ähnlich den unterirdischen Wandgräbern in den Klöstern, worin die Leichen verstorbener Mönche eingegraben werden, deren Namen, Alter und Todes= tag auf der Marmorplatte zu lesen ist, mit welcher jedes solche Wandgrab zugemauert wird.

Ein steinerner Gang umgürtete von Außen diesen Thurm. Dorthin führte man mit auf den Rücken gebundenen Händen die überlästigen Gefangenen von beiden Geschlechtern, entblößt bis über die Brust hinab, und schob sie, das Gesicht aufwärts, in diese Oeff= nungen, so daß über ihre Mündungen im Innern des Thurmes die Todesopfer mit der obern Hälfte der Leiber hinausragten.

Auf dieses menschliche „Wildpret," wie es Judas zu nennen pflegte, schoß dieser mit Bolzen von der Zinne herab, hütete sich aber wohl, einen tödtlichen Schuß zu thun, um sich lange mit lautem Jubel an den Schmerzensschreien der Getroffenen weiden zu können. Die Todten wurden dann vom steinernen Gange aus vorangeschoben, bis sie in die Tiefe stürz=

ten, wo sie durch nachgeschütteten, noch brodelnden gelöschten Kalk keinen Verwesungsgestank hervorbringen konnten. Der Raum unten, wo die unglücklichen Weiber und Mädchen ihre Probezeit bestehen mußten, lag weiter zurück; was herabstürzte, konnte sie nicht erreichen; aber der herzzerreißende Jammer der Menschenjagd gellte immer gräßlich in ihre Ohren.

Von einer solchen Jagd kehrte gegen die Mittagszeit dieses Tages Judas in bester Laune in seine Trinkhalle zurück, in welcher ein Knecht, sein Mundschenk, wie gewöhnlich nach einer solchen Jagd, einen Humpen Wein auf den Tisch stellte.

„Ich will vorerst frisches Quellwasser," sagte Judas; „mich dürstet gewaltig, und der Wein stillt mir den Durst nicht. Wasser her! Fort!"

Der Knecht blieb schweigend stehen, mit traurig gesenktem Kopfe und verlegener Miene.

„Warum gehst du nicht, Elender!"

„Gestrenger Herr Ritter, seit gestern Abends ist das Quellwasser ausgeblieben; wir meldeten es euch nicht, um euch nicht unzeitig zu erschrecken, und weil wir hofften, daß es sich heute wieder einstellen werde; aber es ist noch nicht da."

„Hilf, Teufel!" fluchte Judas: „ohne dieses Wasser können wir nicht 8 Tage mehr in der Burg bleiben. Alle unsere Rosse gehen zuerst zu Grunde!"

Er befahl sogleich, daß alle seine Reisigen, bis auf Simon, der am Thore des Hungerthurmes zu wachen hatte, 22 an der Zahl, sich sogleich auf den Weg machen sollen, um nach dem Ursprunge der Quelle, und nach der Ursache des Ausbleibens des Quellwassers zu forschen.

Die Beauftragten eilten fort; Judas behielt nur vier vertraute Knechte bei sich. Den ganzen Tag war er beschäftigt, seine geraubten Schätze in Kisten zu verpacken, die er in seine Schlafkammer bringen ließ;

denn er ahnte nichts Gutes. Erst gegen 11 Uhr Nachts, ganz ermüdet, sank er auf sein Lager und in einen festen Schlaf. Kein Reisiger und kein Quellwasser war zurückgekommen, lautete die letzte, mit dem einzigen Troste erhaltene Meldung, daß die gefüllten Trankgefäße für die Rosse noch für drei Tage ausreichen würden.

Das jüngste Gericht.

Simon lauschte am Thore des Hungerthurmes in gespanntester Erwartung.

„Die Reisigen sind fort," dachte er sich, „wenn jetzt Wellinger nur zwei Helfer bei sich hätte, wäre gleich Alles abgethan."

Ein leiser Uhuschrei ließ sich kurz darauf vernehmen.

„Ah, er ist's!"

Simon ging behutsam zum Schlupfpförtlein, und öffnete es. Wellinger und Valentin traten ein. Simon wollte jenem etwas in's Ohr flüstern; Wellinger aber sagte leise:

„Ich weiß Alles; 19 Teufelsnestler sind schon in unserer Gewalt."

„Dann sind nur drei entkommen."

„Sie werden auch noch gefangen. Wo ist das Schloß des Hungerthurmes?"

„Hier."

„Schnell an's Werk, Valentin!"

Valentin betastete die Oeffnung des Schlosses, und steckte ein fingerlanges Werkzeug in dieselbe. Nach kurzen Proben ging das Thor auf.

„Beate, komm!" rief Wellinger; „keinen Laut!" Beate wankte allmählig heraus, und sank schweigend an die Brust ihres Geliebten; die drei andern Frauenspersonen folgten ihr. Es war ein Augenblick freudigster Ueberraschung.

„Valentin, bring die Geretteten zum Herrn Ritter Obilo hinaus! Ich lasse ihn bitten, für sie

zu sorgen; und mir sogleich noch 10 Reisige und
vier Floßknechte herein zu schicken."

Nach wenigen Minuten erschienen die Verlangten.
Simon mußte sie zum Burgthore führen, um es zu
besetzen.

„Führe uns jetzt zum Schlafgemache des Judas
hinauf, Simon!" flüsterte Wellinger ihm zu, um=
geben von den vier Floßknechten, die mit ihren Aexten
bewaffnet waren.

Sie kamen oben an. Ein Licht brannte im Schlaf=
gemache des Judas, und der Schimmer warf durch
das Schlüsselloch einen hellen Streifen auf den Boden.

„Da drin ist er," sagte Simon dem Wellinger
in's Ohr, „und in der Kammer nebenan liegen seine
vier Leibwächter."

Fünf furchtbare Schläge wurden zu gleicher Zeit
von hoch geschwungenen Aexten gegen die mit Eisen
beschlagene Thüre geführt, die in Trümmern donnernd
in das Gemach stürzte.

„Verrätherei!" schrie der vom Lager aufsprin=
gende Judas, und wollte nach seinem Schwerte
greifen, aber in diesem Augenblicke packte ihn Wel=
linger an der Schulter und schleuderte ihn auf den
Boden.

Die feigen Leibwächter wollten durch die Thüre
nebenan entrinnen, wurden aber von den vier Floß=
knechten gepackt und erschlagen, worauf diese dann zu
Wellinger eilten.

„Bindet dieses Ungeheuer fest mit Stricken!" sagte
dieser, und dann zu Judas:

„Ich möchte dich gerne mit meinen eigenen Fäu=
sten erwürgen, aber leider darf ich nicht. Du wirst
von Henkershänden sterben, von unten auf gerädert,
und lebendig auf's Rad geflochten werden! Gott möge
dann deiner armen Seele gnädig sein!"

Der zurückgekehrte Valentin eilte auf Wellin=

gers Geheiß mit der überraschenden Nachricht zu
Ritter Odilo, daß schon Alles glücklich ausgeführt
sei, und nur noch Leute zur völligen Zerstörung des
Teufelsnestes nöthig seien. Odilo war der An=
führer von mehr als 200 streitbaren Männern, mit
denen er die Räuberburg völlig umzingelt hatte. Von
dieser trennte ihn jetzt nur noch ein kleiner Wald, des
Aufrufes zum Sturme gewärtig, der nun überflüssig
geworden war.

Bald strömten die Zerstörer in das Teufelsnest.
Simon befreite das „Wildpret" des Judas aus
allen Marterlöchern; alle Räume wurden durch=
späht, alle Rosse abgeführt. Den Judas mit den
Kisten, welche seine geraubten Schätze enthielten, warf
man auf einen Leiterwagen, der unter Bedeckung nach
München kam. Alle Heu= und Strohvorräthe, alle
Pechfässer zur Vertheidigung gegen einen feindlichen
Sturm, alles vorhandene Holz und die Tische, Stühle
und Schränke wurden in den Hungerthurm geworfen,
und in die übrigen Räume der Burg vertheilt, dann
durch hingeworfene brennende Holzfackeln angezündet.

Bald lag das ganze Teufelsnest in einem Meere
von Flammen, die thurmhoch emporloderten, und in
der finstern Nacht selbst die Gegenden jenseits der
Isar weithin erhellten. Bei diesem grellen Lichte gelang
es, auch die 3 Entflohenen im Walde aufzufinden
und zu fangen. Die Quadersteine der ausgebrannten
Burg wurden späterhin zu Wehrbauten an der Isar
verwendet, die gewöhnlichen Mauersteine aber von den
Landleuten nach und nach zum Baue genauerter
Behausungen weggeführt. Bevor ein paar Jahre ver-
floßen, war keine Spur mehr zu sehen, daß hier jemals eine Burg gestanden habe.

Der Raubritter Judas wurde bald nach seiner
Gefangennahme in München gerade so hingerichtet,
wie es Wellinger ihm vorausgesagt hatte. Nachdem

der grausame Wütherich seine Unthaten in der Folter=
kammer eingestanden hatte, ward er zum Tode durch
das Rad verurtheilt, und dieses Urtheil auch nach
wenigen Tagen vollzogen. Eine ungeheure Menschen=
menge hatte sich eingefunden, um dem blutigen Schau=
spiele beizuwohnen. Am Blutgerüste angelangt, wur=
den dem am Boden ausgestreckten Verbrecher vom
Scharfrichter zuerst die Beine, Schenkel und Arme
zerschmettert, derselbe sodann auf das Rad geflochten,
und dieses auf einen hohen Pfahl gesteckt, wo er noch
lebend den Raubvögeln und Krähen zum Fraße über=
lassen blieb.

Von den gefangenen Teufelsnestlern wurden
17 gehängt, die Uebrigen, erst seit wenigen Tagen
gewaltsam aufgegriffen, und zum Dienste gezwungen,
nach empfangenem Staupbesen des Landes verwiesen.

Die Ritterswittwe Cordula von Thurmstein,
nach München vorgeladen, erhielt ihr reiches geraub=
tes Eigenthum zurück, das sie sogleich verkaufte, und
den Erlös, ohne auch nur das Geringste davon zu
behalten, zu frommen und wohlthätigen Zwecken ver=
wendete. Auch alles Andere wurde zu Geld gemacht,
und dieses unter alle Theilnehmer des Zuges gegen
das Teufelsnest vertheilt.

Das Verlobungsfest.

Als am andern Tage ein reitender Bote die Nach=
richt nach Wolfratshausen brachte, daß das Teu=
felsnest niedergebrannt, und kein einziger Teufels=
nestler entkommen sei, athmete die schuldbewußte
Wirthin Renata Zapf wieder ganz leicht, in der
Meinung, daß auch Simon sein Leben werde ver=
loren haben, und nicht mehr als Ankläger gegen sie
auftreten können.

„Wenn nur auch Beate zu Grunde gegangen wäre!“
dachte sie sich. Wegen der angeblichen Fahrt der

Jungfrau nach Beuerberg hoffte sie schon sich
hinauszulügen, da ja der angebliche Baumann des
Klosters, den sie nicht persönlich kannte, vom Judas
konnte geschickt worden sein; aber ein innerliches Ban-
gen wurde sie doch nicht los, da Beate dem Wellinger verrathen würde, unter welchem lügnerischen
Vorwande sie von der Wirthin aus dem Hause gelockt
worden sei. Um sich nicht zu verrathen, mußte sie
zum Verlobungsfeste am Sonntage Küche und Keller
bereit halten, im Falle Wellinger, der Alles bestellt
hatte, dennoch kommen würde.

Und er kam auch wirklich am Sonntage Morgens
9 Uhr vor dem Wirthshause zum „feurigen Lindwurm" mit einem reich mit Laubgewinden verzierten
Wagen angefahren, in welchem seine Schwester und
Beate saßen. Wellinger lenkte die Rosse.

Die Wirthin stand eben vor der Hausthüre; bei
dem Anblicke Beatens erbebte sie bis in's Herz
hinein, faßte aber wieder Muth, als sie von den An-
kommenden freundlich begrüßt wurde.

„Alles in Ordnung, Wirthin?" fragte sie Wellinger lächelnd.

„Alles."

„Nehmt's nicht übel, Wirthin," sagte Beate,
als sie und ihre Begleiterin abgestiegen war, „daß
ich erst heute komme; gestern wurde ich in Tölz
bei dem hochwürdigen Herrn Pfarrer verlobt, heute
wollen wir bei euch das Verlobungsfest feiern, und
in drei Wochen ist unsere Hochzeit, wozu ich euch
gleich jetzt einlade."

„Schön, schön," erwiederte die Wirthin, „wünsche
viel Glück!"

Sie wußte gar nicht mehr, was sie denken sollte,
und folgte den Angekommenen in die Wirthsstube.

„Da, setzt euch zu mir her, Wirthin! Ich lasse
euch keinen Augenblick mehr weg, bis wir fortfahren,

denn ich seh' euch doch nicht wieder, bis ihr zu mei=
ner Hochzeit kommt. An der guten Bedienung wird's
deßhalb doch nicht fehlen."

Dieß that Wellinger, weil er fürchtete, die Wir=
thin könnte ihm und seiner Braut ein langsam töbten=
des Gift unter Speise oder Trank mischen, wie sie
es, dem Gerede nach, ihren vier Eheherren gemacht
haben soll. Bald kamen die geladenen Gäste, unter
ihnen auch Valentin und dessen Meister, die vier
Floßknechte, und hinter ihnen — Simon, in seiner
Tracht als Reisiger mit den Farben des Ritters Obilo,
in dessen Dienst derselbe inzwischen aufgenommen worden.
Auch Simon grüßte die Wirthin freundlich, die bei
seinem Anblicke bis in den Mund hinein erblaßte. Sie
konnte nichts genießen, und saß auf glühenden Kohlen
in größter Angst. Gerade dieß, und auf Beatens
Bitte mehr nicht, wollte Wellinger; es war Alles
verabredet, daher auch vom Teufelsneste bei Tische
gar keine Erwähnung geschah. Sie sollte fortan Tag
und Nacht in beständiger Angst vor einer Anzeige
und deren schweren Folgen leben. Die Gäste waren
sehr vergnügt. Als Wellinger Abends bezahlt, der
Küche und dem Keller viel Trinkgeld gegeben, und
den Wagen zur Abfahrt bestiegen hatte, rief er noch
der Wirthin zu:

„Habt Gott vor Augen! Er macht Alles recht!"

Die Wirthin kam nach 3 Wochen nicht zur Hoch=
zeit nach Tölz, obgleich sie noch ein eigenes Ladschrei=
ben erhalten hatte: sie ließ sich schwer krank melden.

Auf dem brennenden Scheiterhaufen.

Es war am Vorabende des heiligen Christtages
im Jahre 1285 Nachmittags 3 Uhr, als ein armer
Pilger in die Schenkstube der Wirthin Zapf trat,
und zu ihr sagte:

„Ich bitte euch gar treuherig, mich armen Pilger

heute um Christi willen in eurem Stalle auf Stroh
übernachten zu lassen, und mir Wasser und Brod zu
vergönnen; morgen werd' ich mit Dank von euch
scheiden, und überall zu Gott für euch beten."

„Deine Bitte sei dir gewährt," erwiederte die
Wirthin, hoffend, daß diese ihre Mildthätigkeit für
ein gutes Werk hingehen werde.

„Tausendfachen Dank, Wirthin! Und nun bitt'
ich euch noch, diesen kleinen ledernen Beutel mit Gold-
stücken mir bis morgen aufzuheben; ich will noch auf
den Calvarienberg hinauf, und dort meine Andacht
verrichten."

Er hatte den kleinen ledernen Beutel unter seiner
Pilgerkutte hervorgezogen, und reichte ihr denselben.
Die Habsucht stieg in ihr auf, und der Gedanke, sich
dieses Goldes auf irgend eine Art zu bemächtigen.

„Wie kommt es denn, frommer Pilger," fragte
sie, „daß du um Almosen bittest, da du doch so viel
Gold besitzest?"

„Es ist nicht mein Eigenthum, gutes Weib," erwiederte der Pilger. „Ich komme aus Jerusalem
über Rom, wo der heilige Vater Papst Honorius
der Vierte mir den apostolischen Segen und diesen
Beutel mit Gold gab, mit dem Auftrage der Ueber-
bringung an den hochwürdigsten Bischof von Augs-
burg als Beitrag zur Erbauung eines Klosters. Das
Schreiben des Papstes liegt in diesem mit dem päpst-
lichen Siegel verschlossenen Beutel. Verwahret ihn
recht gut, wie es in allen meinen Nachtherbergen
geschah, wo man von fremden Gästen oft leichter
bestohlen werden kann, als dieß sonst auf den Heer-
straßen einem armen Pilger zu begehen pflegt."

Die Wirthin gelobte dem Pilger die sicherste und
gewissenhafteste Aufbewahrung des Goldes und als
er vom Calvarienberge zurückkam, tischte sie ihm ein
warmes Erbsensüpplein und ein Stücklein blau abge-

sottenen Karpfen auf, und stellte ihm einen Krug Bier mit Brod hin, worüber der erstaunte Pilger Dankes=thränen weinte.

„Morgen ist der heilige Christtag,“ sagte die Wirthin zum Pilger, „dieser Tag ist zum Wandern zu heilig; verweile bis übermorgen als freier und lieber Gast unter dem Dache meines Hauses!“

Der arme Pilger nahm diesen Antrag mit dem freudigsten Danke an, und wurde nach dem Abend=essen vom Hausknechte in eine entlegene Kammer geführt, wo er ein Bett zum Nachtlager fand.

In derselben Nacht kam der Richter Ganterus zur Wirthin, und beide thaten sich gütlich bei Speise und Trank, ohne auf diesen Fasttag zu achten. Das schlechte Weib erzählte ihm von der Ankunft des Pil=gers und dessen Beutel mit Gold, den sie dem Rich=ter zeigte.

„Dieses Gold sollte uns nicht entgehen,“ sagte sie, „am Besten wär's wohl, wenn ich ihn durch meinen Hausknecht im Schlafe erwürgen, und mit schweren Steinen in der Tasche in die Loisach versenken ließe. Was meinst du dazu?“

„Das geht nicht, Renata, das wäre zu gewagt; ich weiß ein besseres Mittel, uns dieses Gold zu ver=schaffen, ohne einen Verdacht zu erregen. Laß über=morgen den Pilger mit seinem Goldbeutel ruhig fort=ziehen, und mich für das Uebrige sorgen!“

Er theilte ihr nun seinen Plan mit, den sie voll=kommen billigte.

Der arme Pilger wanderte nun am bestimmten Tage fort, nachdem er noch ein Mal auf dem Cal=varienberge ein andächtiges Gebet verrichtet hatte, war aber kaum eine halbe Stunde weit gekommen, als er von nacheilenden berittenen Schergen aufgegriffen, und vor den Richter und Pfleger der Grafschaft Wolfratshausen, vor Ganterus, geführt wurde.

„Wer bist du?" fragte ihn dieser,

„Ich bin ein armer Pilger, Namens Konrad Nantovin. Er wurde durchsucht, und man fand in einer Tasche seiner Kutte den Beutel mit Gold.

„Da haben wir's," sagte Ganterus; „es scheint also die Anklage richtig zu sein, daß du einen Raub= mord begangen hast; ich werde Alles genau unter= suchen lassen."

Vergebens betheuerte der Pilger seine Unschuld.

Ganterus als Mörder.

Wer von München nach Wolfratshausen kommt, sieht zur Linken der Straße ein der Familie Deisenberger gehöriges kleines Haus mit dem Bilde des heiligen Nantovin. Streng bewacht, befand er sich mehrere Monate in einer Kammer dieses Häus= chens, wurde aber später in einen daselbst befindlichen Kerker geworfen, zu welchem, wie man dort noch jetzt sehen kann, 10 Stufen hinabführen; eine 2 Fuß 4 Zoll dicke Mauer umschließt ihn, ein kleines Fen= ster gibt ihm spärliches Licht.

Als endlich dem Nantovin auf dem Gerichts= platze der Burg Wolfratshausen eröffnet wurde, daß er zum Scheiterhaufen verurtheilt sei, fragten ihn die Schergen, wo er seinen Geist aufgeben wolle? Da schraubte er die obere Hälfte seines Pilgerstabes ab, und antwortete:

„Wo dieser Theil meines Pilgerstabes, den ich wegschleudere, niederfallen wird, will ich als Unschul= diger den Tod erleiden."

So geschah es auch am 7. August 1286.

Auf der Marterstätte des Seligen ereigneten sich so viele Wunder, daß er in Folge derselben vom Papste Bonifacius dem Achten im Jahre 1297 heilig gesprochen wurde. Auf demselben Platze steht noch heut zu Tage die Kirche, welche später zu Ehren

des Konrad Nantovin, der durch keinen Rich-
terspruch, sondern durch einen Mörderspruch sein
Leben verloren hatte, erbaut worden ist. Diese Kirche
befindet sich von dem Markte Wolfratshausen
eine Viertelstunde östlich gegen die Isar entfernt; sie
ist von 46 zerstreuten Häusern umgeben, in denen
etwa 300 Einwohner leben, und die Ortschaft St.
Nantovin bilden.

Noch immer lebt im Munde der Bewohner der
Umgegend die Sage, daß in der Mitte des vorigen
Jahrhunderts ein Schlossermeister, damals Besitzer
des oben genannten Häuschens, welcher die vom heiligen Nantovin getragenen Ketten zu verkäuflichen
Gegenständen verarbeitete, hierauf plötzlich wahnsin-
nig geworden sei. Ein Bürger zu Wolfratshausen
ist noch Eigenthümer der Hirnschale und des hölzernen Pilgerfläschleins des Heiligen, — beide in Silber
gefaßt, — zur Zeit der Klosteraufhebung und Aus-
räumung der Kirchen sehr billig angekauft. Beide
Reliquien würden wohl der Kirche St. Nantovin
zu großer Zierde gereichen.

Erst seit den letzten Jahrzehnten hat die alte
Sitte aufgehört, am Nantovin-Kirchweihfeste
(10. August) vom Priester geweihten Wein aus der
Hirnschale des Heiligen den Andächtigen zu spenden.

Gottes Strafe.

In der Nacht nach der mörderischen Verbrennung des armen frommen Pilgers, kam Ganterus
zur Wirthin Renata Zapf mit dem ledernen Beutel, dessen noch unverletztes Siegel er ihr zu ihrer
Beruhigung zeigte, das sie selbst mit goldgierigen
Augen brach.

Aber wer schildert ihr beiderseitiges Entsetzen, als
sie statt der goldenen Münzen nur bleierne
fanden. Dieß mag wohl das erste Wunder des

unſchulbig hingerichteten Heiligen geweſen ſein. Vor Angſt erſtarrend, ließen ſie Speiſe und Trank unberührt. Der Preis ihrer Schandthat war ihnen entriſſen. Ganterus kehrte heim.

Kaum war er fort, als ſie aus dem Hauſe ſchlich, um nach ihrer alten Gewohnheit an allen Wohnungen zu lauſchen, was darin von der Verbrennung des Pilgers etwa geſprochen werde. Sie hörte überall nur Verfluchungen über den Richter Ganterus, und über ſie, als deſſen Verbrechens= und Schandgenoſſin; die Strafe Gottes aber werde gewiß Beide ereilen.

Zum erſten Male bereuend; ſchlarfte ſie nach Hauſe, und ſah voll Schrecken von weitem ihre Schlafkammer hell beleuchtet. Als ſie die Thüre derſelben aufriß, ſtanden ihre vier von ihr vergifteten Eheherren mit drohendem Finger vor ihren Augen. Von dieſem Anblicke durchſchauert, ſtürzte ſie, vom Schlage getroffen, zu Boden, und war eine Leiche. Schon bei Lebzeiten das Marktg'ſchlärf geheißen, trieb ſie ſich einige Jahrhunderte lang als ſolches in den Nächten vor heiligen Tagen im Orte herum, ein ſchmalverbrämtes Pelzkäppchen auf dem Kopfe, fliegende Haare, knappes Leibchen, kurzes Unterröckchen, bald winzig klein, bald rieſengroß, mit grünen leuchtenden Augen, den Leuten in den obern Stockwerken in die Fenſter ſchauend. Glaublich hat ſie ſpäter, als ſie nicht mehr ſpuckte, wegen ihrer Reue in ihrer letzten Nacht, Gnade und Ruhe im Grabe gefunden.

Den ungerechten Richter und Mörder Ganterus hat nach zehnmonatlichen hölliſchen Schmerzen im Siechbette der Teufel geholt, und mit umgedrehtem Halſe auf den Schindanger geworfen.